CB140418

# sol
# no mamilo

elisa mendes

*Pra minha avó*

Opa
Olha
Aí
Está
Nascendo
Lá vem ele
Elx
Novin
Fein gente que bicho feio
Nossa mas lindo
NU que feio
Lindo
É
Um
Poema
Todo
Nasce feio
Mas quem
Sabe
Crescidin
se aprume

Eu trocaria
Ah, mas trocaria
A minha vida pela sua
Sem nem mesmo saber
Sem nem mesmo precisar saber
Como é que a fome
Manda a conta pra você

De olhos fechados
Eu trocaria
Você de luz neon
Eu de luz de janela
de dia nublado
Eu trocaria
Sem nenhuma dúvida tudo o que tenho
Pela cabeceira da sua cama
Seu travesseiro suado cheirando a queijo
Minas

Eu trocaria
Sem não não assumir a dor no peito
Mas eu trocaria
Pela sua mãe
A minha

JAMAIS

## Luiza Goulart de Andrade Gonçalves de Almeida

Luiza arreganha livros
Abre-os forçadamente
Grosseiramente dobra
A página que quer viver pra frente
pra trás

É nos livros que Luiza
imprime
Sua brutalidade

De longe
Eu
Mas senhor mas que absurdo
São livros

Não se a r r e g a n h a e s c a n c a r a
Um livro
assim

Mas não
Eu estava enganada
Me sentei
E
Arreganhei dois livros
Que gozo senhores
Arreganhar livros

## *Um Renoir com um q de Modigliani*

Enquanto espero a tinta secar
tento lembrar das imagens belas
que vivemos

Aquele dia que o sol batia
de lado, suave
outono
na cama
e você nua me perguntava

Você não vem?
Estava mais bonito
Olhar
Ver de fora
Contemplar
sua pele alva
sua tez
como dizem os poetas
em contato com o lençol
de 400 fios egípcios
que estavam todos
acariciando seus poros
diante dos meus olhos
enquanto espero a tinta secar

Bater duas palmas bem alto e ordenar
A partir de agora somos todos nesse vagão
uma família
Sejam, imediatamente, uma família

## Ela

Jááá estou com saudades
daqueles por segundos
que fui

Voltar não sei pra onde
Dormir sem ter medo de morrer

Quando sempre percebo ela rondando
Uma vez no café da tarde
Atrás da vovó batia o sol
Silhueta de mão velha bebendo chá me dizia
Não me fotografe

Atrás do atrás dela
Pequenina na perspectiva
Pairava gigante
Como são gigantes as sombras do sol
Às 5h40 da tarde
Ela
A sorte
A morte

## Sol no Mamilo

Um raio de sol dentro do meu peito
Esquenta, coração
Não derreta

Meus mamilos
Femininos
Uma vez só
Puderam se queimar

Temos 35 anos
E uma vez só

Meus mamilos
Me pedem
Lambidas
Mel, suco de laranja

Passo os dias a distraí-los
Falem baixo
Aqui não podemos
Aqui, aqui e aqui,
E aqui também não
Podemos

Mas amanhã subo na laje
Do prédio mais alto
E deixo vocês verem o céu, o sol
E o mar
E ninguém vê-los

Meu mamilo fêmea
Com seu leite que poderia alimentar
Uma humanidade

Sob o alimento
O coração
Gelado
Esperando o dia em que possamos
Passear
Livres
Pelas ruas
Chupando um picolé
Gelado
E o peito
Quente

que medo
passar
uma vida inteira
sem ver
no mato
uma onça

estou há
horas
fazendo de tudo
pra me atrasar

Outro dia Pedro queria morrer
4 anos
Fui cobri-lo pra dormir
E ele me disse
Quero morrer

Sem medo da morte é viver

Pedro quer reencontrar o avô
Mas não sabe dizer
Pedro, dormir é um pouquinho de morrer
Pedro, no quintal têm nos visitado uns gambás

E eles ficam assim
Agarradinhos como estamos

Então vamos morrer juntinhos assim
Gambazinhos
Me propôs o Pedro
De 4 anos

## Por favor

Será que podemos,
por favor,
desligar as máquinas
está fazendo um barulho
Ensurdecedor
dentro de mim

Além do mais elas

Será que podemos, por favor,
falar mais baixo
evitar os talheres
os celulares
com suas luzes
Barulhentíssimas

Por gentileza,
podemos seguir sem música
não estou conseguindo
me ouvir

Onde fica o botão
de desistir
desinventar
o ar-condicionado
a televisão
os outros

Minha energia por um fio!

Posso ir até a chave-geral da cidade
me disponho
a desligar
por alguns minutos, que seja
o mundo

Restaríamos:
o céu
eu e você
que eu mataria

Por fim
o silêncio

A mancha de vinho tinto na
calça jeans surrada
não tirarei
não lavarei jamais essa calça
jeans imunda
que o Rio de Janeiro há
de mofar

Vou ficar com ela
vestindo vergonha
fedendo insensatez

Na análise, meu corpo estará vestido dela
Na festinha dos amigos, não há outra possibilidade
No trabalho, diariamente, ela

Primavera verão outono inverno
no meio das minhas pernas
a mancha vermelha de sangue tinto
subindo pelas minhas narinas
a noite que deixei derramar
aquelas palavras

## *Milagre*

Todo sábado de meio de primavera de manhã é igual
Perfeito
Só eu que
Mal feito

Perfeito
O sol
Que escolhe
Perfeito
O lugar de
Atravessar o basculante da janela
E bater no batente
De mármore
Que brilha
E reflete
Um pedaço de sol
No teto
Multiplicado

É o milagre
Da multiplicação
Dos feixes
(Me desculpem)
De luz

Salve-me quando puder
Uma baleia
Um pássaro
Um peixe
Um cacto
A trajetória de uma lágrima
Até o lábio
A boca
Até a língua
Salgada
Salve-me quando puder
Uma lágrima
Escorrendo pelo meu pescoço
Salve-me quando puder
Um rio
De desgosto
Salve-me quando puder
Chorar pelada
Para que minhas lágrimas possam
Chegar ao pé
Se plantar no chão
Sem não deixar de molhar
Por alguns instantes
Meu umbigo

Recebi o seu bilhete
e não pude responder

era tarde e chovia muito
a chuva não me deixou
ver

ouvir
organizar

tudo isso que eu não sinto por você
e que deveria
sentir
para conseguir
te responder

Abri o papel molhado
tinta borrada
meu estômago roncava

Você parecia urgente
sou contra urgências
embolei e joguei seu bilhete
no meio da rua

Que escorreu no rio da chuva
correndo para o bueiro
e o remorso remoeu meu peito

Não quero sujar o mundo

E enfiei meu pé na água
com cheiro de mangue
do Rio
para salvar o bueiro
do seu papel

## Cat Noir

O gato que chegou com o pássaro na boca
ele encaixa aqui
perfeito
na curva da minha lombar com o chão

Meu olho fechado é cinema
passa um boto rosa de chapéu
um casal de rapazes namorando dentro de um fusca
cai uma tempestade sobre o mar

Minha mãe nunca perdeu o medo de escuro
pra mim a luz sempre existiu
inventada foi a escuridão
densa e pesada

Na ponta dos meus dedos sinto o mundo
sinto muito
algumas saudades
de trocar
aquele choquinho
da energia ronronando
quando a gente se encontra
e quer se tocar

## 6 em ponto

O cheiro do misto quente às 6 horas da tarde
é o melhor cheiro possível de 6 horas da tarde

É como comer sua avó quentinha
saborear suas dobrinhas
chupar cada ossinho
apenas mordendo um crocante pãozinho

É o presunto que não como mais
que me água a boca
a trilha da igreja
Ave Maria
mais que desperfeita

Pra ouvir
vovó porquinho presunto mortinho
vovó vivinha na minha boquinha
manteiga no mamilo por favor como sempre
como sempre
misto quente
6 em ponto
Ave Maria

## Sete chaves

Dos trabalhos que sobrevivem
Da dessorte alheia
O chaveiro
É o que mais me irrita

Passa o dia sentado
Fazendo bico pro bicho
Esperando alguém
Esquecer
Perder
Ter tomados
Os acessos
Aos seus próprios portais

Que ódio me dá ver sua disponibilidade
Ao azar!

Que sorte teve o chaveiro hoje
Sete pessoas
Perderam as chaves

Mulher, vamos comprar um fogão novo
Tem-se perdido chaves à beça
À noite se perderem mais uma
Cobro o triplo
E fechamos o crediário da tv

Não diga fechar
Que nessa casa não se fecha nada
Só se abre

Que humilhação é precisar dum chaveiro

## Rifa 696

Comprei uma rifa de 5 reais pra me metamorfosear
De posse do meu número 696 já me achei com grande chance
De ganhar

Tô com essa rifa na mão desde que a comprei
Em que raios vou me metamorfosear se a sorte me pegar

Atravesso a rua e
Gato
Olho pros prédios e
Pássaro
Sinto fome e
Abacate
Mas no fundo no fundo mesmo
Serei macaco
Mandar uma banana pressa tal de evolução
Passar a vida inteira com a dádiva de um rabo
Me enrolar nos galhos e ter as mãos livres
Pra de cabeça pra baixo
Comer fruta
Enquanto leio Grande Sertão

Penduro a roupa no varal só pra chover

Amanhã dormirei até tarde
Tenho muita coisa pra fazer
Em dias assim
Só levanto se tiver pão

## Gélida

Estou sempre com frio
É a vida, essa coisa gélida
Sempre me surpreendendo com um vento
Uma brisa, pode até ser
Que me faz lembrar que estou viva
E tenho um corpo
Que precisa estar a 36,7 graus

É que troco tanta energia
Que me esfrio
Gosto de pensar que já fui beduína
E sei lidar melhor com o calor
Do que quem usa filtro-solar

Peito agasalhado
Meu corpo gosto de senti-lo quente
Sou mais feliz na primavera
E sonho com um casaco de penas originais de galinha
d' angola

## Salão de pedras

No salão de pedras vivas da terra
Cada uma delas
Abre um oceano
Sentada na pedra
Cada uma delas
Tem uma função

São funções mundanas
Qual não foi minha surpresa

Agora me sinto sentada sobre a pedra-oceano de poemas
Portanto
Escrevo daqui
Poemas

Logo ali à frente
Tem a pedra das piadas
Sento-me nela
E cócegas me sobem ao cérebro
O mundo parece ter graça

Tem a pedra-oceano que faz chorar
A que abre o apetite
A que fala verdades mas só as verdades cruéis
Nessa não consigo ainda sentar
Mas ponho os pés
Descalços
E fico em pé
Como quem diz
Posso sair correndo quando quiser

Sobre sua dureza
Deixo as pedras
Afiarem
Meus pensamentos
E sinto
Na base da minha coluna
A frieza de quem guarda
Em silêncio profundo
A memória de tudo que é vivo

## Visita

você não sabe mas
não sabe mas está tudo bem
esse seu corpo
os braços
que você pode carregar
tudo que pode comprar
mas que quer levar
um pé de limão cravo rosa capeta
pra todos que visita
não os limões
você diz
quer levar o pé
a árvore
se plantar
e dar frutos
esse corpo
que quer ser árvore
não ter coração ser só raiz
não sentir o peito
querer outro peito
encostado
colado
suado
esse corpo
quer seus membros
virando galhos

## São Paulo

O quarto de madeira sente a cidade
a ex
árvore
vibra
o som dos motores
o peso
dos carros caminhões e ônibus
sobre o asfalto duro
assassino da terra

No meio do fundo da terra
o buraco do metrô
perfura o planeta

Me deito
de bruços
sobre a cama de árvore morta
sobre o chão de tábuas de árvore morta

A natureza
morta
me deixa sentir
o trem
debaixo da terra
de 3 em 3 minutos
pontualíssimos
me atravessar o peito

Considerando que as orelhas dos elefantes poderiam ser borboletas gigantes

## São Paulo 2

Tropecei num corpo na rua
Eu nunca tropeçaria num corpo na rua
Mas o céu estava tão baixo
O corpo era só o corpo
O céu desceu para buscá-lo

Fechei os botões da camisa
Alinhei as pernas
Ajeitei a cabeça
Cruzei os braços sobre o peito
Descruzei
Me achei católica
Mas lembrei da minha coleção de insetos mortos
que também cruzaram os braços sobre o tronco
antes de morrer

Cruzei os braços sobre o peito
No bolso um bilhete
"Não esquece do pão"

## Em conversa com Ana Martins Marques

tenho afiado facas
é só o que tenho feito
alinho o fio
deito o corpo
frio de metal
sobre a pedra
e rasgo
em curva
o que poderia ser uma pele
um baço
mas será
uma maçã
em canoinha
que é como gosto de comê-las
me transportando para viagens em rios
que volto às facas
de sangue
que poderiam ser as facas que queria ter quando moro
na cidade
e quero voltar à noite sozinha
caminhando
pra casa
mas o homem
pode me pegar

tenho afiado facas
e vejo a natureza
dar o corte
minerais ao minério

em quem vou
enfiar a faca e deixá-la lá dentro

tenho afiado facas não mais para me proteger e consequentemente matar
vou abrir o mato
me fazer um cajado
conversar com a lua
as facas gosto de todas
se corto,
é pra crescer

# Sagi, RN ou um sol pra cada mamilo

## Sagi

Venho pra ouvir
Escutar
As histórias
Que são sempre de amor
Ou faca

É no simples que meu coração bate
Quando a gente conhece
O primo o pai a tia o avô a bisavó
E almoça com a mãe
E lava roupa na tia
E janta na prima
De ninguém que é seu
Mas que sendo eles
Deles
E meus
Vizinhos
São meus

Alguém sempre viu
Tia Lucy passar
E mandar dizer
Que tá em Maria
Te esperando
Que é pra levar
Sabrina
Que a mãe dela tá lá também

A noite tem lagosta
O mar é na porta de casa
E é na porta de casa
Que nasce o sol e a lua

Dentro da cara de quem ainda não vi
Quando vejo
Chuto
Cé primo de Bento?
É tio!! É tio!!!

Calcinha não precisa nem sapato
O quintal é de areia e alguém vai passar pra te presentear
É só ficar de ouvido atento
Que quem anuncia é o vento

## 9 anos

Pamela: "esse ano eu bati meu recorde de choro falso."
Mateus: "eu vou me formar em preguiçoso."

## Jony

Jony era apaixonado por Vaciela
Foram pra festa
Vaciela vacilou
E Jony pegou o primo
E embuxou
De gemeos
Citotec
Um só tirou

Douglas Felipe nasceu
Um demônio

Aos 8
Roubou a própria mãe
Levou as economias
Guardadas no colchão de capim
Jony prendeu o menino no pé na cama
Que assim ficou
Até os 14

Não fui boa mãe mesmo não
Se orgulha Jony, que já foi Maria
Mas o menino taí hoje, sem vício nenhum

21 anos se passaram
Cê ainda gosta de Vaciela, Jony?
Mucho, mucho, não

# Palavras isoladas, poemas de quarentena

como se tudo fosse só um sonho.
anos
a louca
riqueza
pertencia a quem
fosse capaz
de afogar sob seu manto cidades,
nos braços
os milhões
Quantos morreram desde então,
os anciãos
se cansavam
mistério;
animais e
homens desapareceram
no coração
"terras
vazias".
milhões de seres humanos se diluiriam
não importava
quem
saísse com vida.
sobreviveu
o "Povo
solitário, que dominava terri-
tórios que nenhum outro pretendeu nunca dominar.

livre e selvagem;
sempre.
seu corpo
corria azul,
o tempo,
dando
esperança; a
seu coração

tanta roupa,

com vida.

dizia a verdade,

— Nada. É preciso os sentidos Deixar
viver como uma pedra,
a noite

o pânico sobre-
vive

todos estão mortos

oásis

no coração

medo

de descobrir

o

fim

© Elisa Mendes, 2021
© Quixote+Do, 2021

Dados Internacionais de Catalogação na Publicação (CIP)

Mendes, Elisa

Sol no mamilo / Elisa Mendes. -- 1. ed. -- Belo Horizonte, MG: Quixote Do, 2021.

ISBN 978-65-86942-16-3

1. Feminismo 2. Poesia brasileira I. Título.

21-62305 CDD-B869.1

**REVISÃO** Sofia Rossi
**SUPERVISÃO** Alencar Fráguas Perdigão
**COORDENAÇÃO EDITORIAL** Luciana Tanure
**ASSISTÊNCIA EDITORIAL** Sofia Rossi, Jasmim Paixão
**PROJETO GRÁFICO E DIAGRAMAÇÃO** Ana C. Bahia
**ILUSTRAÇÃO DE CAPA** Cristina Cortez
**COMUNICAÇÃO E MARKETING:** Cláudia Brandão
**COMERCIAL** Cláudia Masini
**TECNOLOGIA DE INFORMAÇÃO** Alessandro Guerra

Esse livro foi realizado com o apoio da SECULT - Secretaria de Estado da Cultura e Turismo de Minas Gerais e recursos da Lei Aldir Blanc.

QUIXOTE-DO EDITORAS ASSOCIADAS
WWW.QUIXOTE-DO.COM.BR • (31)3141-1256

MISTO
Papel proveniente de fontes responsáveis
FSC® C092828
www.fsc.org

PRINTED WITH SOY INK®

1ª edição

Esta obra foi composta em Deva Ideal sobre papel Pólen Bold 90 g/m². Impresso em abril de 2021 para a Quixote + Do.

#quixoteDO #desejodeliberdade #tudocomeçanalivraria